AF312985

LETTRE

D'UN

ROYALISTE CONSTITUTIONNEL,

A M. DE MARTIGNAC,

RAPPORTEUR

DE LA COMMISSION NOMMÉE POUR L'EXAMEN DE LA LOI
SUR LA POLICE DES ÉCRITS PÉRIODIQUES.

Hoc verissimum, sinè summâ justiciâ
rempublicam regi non posse.

CIC.

PARIS.

DE L'IMPRIMERIE DE BAUDOUIN FILS,
RUE DE VAUGIRARD, Nº 36.

JANVIER 1822.

LETTRE

D'UN

ROYALISTE CONSTITUTIONNEL

A M. DE MARTIGNAC,

MEMBRE DE LA CHAMBRE DES DÉPUTÉS.

———

J'AI lu avec la plus grande attention, Monsieur, le rapport que vous avez fait à la Chambre des députés, sur la police des écrits périodiques, dans la séance du 19 janvier. Si le projet des ministres n'était qu'une loi transitoire, si votre rapport ne contenait que de légères erreurs, je garderais le silence; mais il s'agit de tous les intérêts de la monarchie, de tous les intérêts de la famille royale, attaqués par des principes vicieux; je ne puis donc me dispenser de combattre votre rapport.

Je ne dois pas douter de votre bonne foi; votre discussion est si pleine de motifs, si pleine des idées de beaucoup de gens estimables, que je ne puis que m'affliger d'une sincérité qui entraînera peut-être la Chambre dans les routes les plus contraires à ses devoirs et à ses intentions.

Si mes opinions sont inconciliables avec les vôtres, j'aime à le penser, ce n'est point à la différence de nos sentimens qu'il faut l'attribuer, c'est à la différence de position dans laquelle nous avons vécu. Votre rapport atteste à chaque ligne que des théories respectables vous ont guidé, et que les traces de la révolution vous effraient : je partage moi-même ce juste effroi ; mais, élevé dans un pays libre, je ne saurais admettre d'autres moyens de prévenir de nouvelles catastrophes, que les moyens puissans et généreux que présente l'ordre constitutionnel.

Je vais opposer des faits, de grands exemples à vos raisonnemens : puisse le langage parlementaire jeter un assez grand jour sur cette importante discussion, pour ramener les esprits sous l'empire de la justice et de la liberté.

Vous convenez, Monsieur, de l'utilité des journaux pour la discussion des actes de l'autorité publique ; cependant vous n'avez pas dit que l'opposition journalière pouvait seule éclairer, modérer, redresser le gouvernement ; qu'elle seule peut réparer les fautes de l'administration ; qu'elle seule enfin est capable d'apaiser l'opinion publique dans les momens d'orage, par la certitude qu'elle donne au peuple du talent et de la persévérance de ses défenseurs.

Dans les pays despotiques, l'opposition se montre rarement ; mais alors que d'éclats, que de vengeances, que de meurtres, que de confiscations ! Ce n'est pas assurément à de telles tempêtes que nous voudrions exposer notre patrie, le trône et nous-mêmes : cependant, sans opposition, le despotisme s'établit bien vite ; je dis plus, sans elle aucun ministre ne peut être constamment excité vers le bien, ne peut triompher des obstacles qui cou-

vrent la route de l'administration : on croit alors que
l'on peut cacher le mal ou du moins gagner du temps
pour ne pas irriter les hommes qui vivent d'abus ; le
bien est sans cesse ajourné, et le désordre s'accroît jusqu'au moment d'une explosion. Telle est, telle a presque
toujours été la situation des ministres français : sûrs de
pouvoir dissimuler l'état réel des affaires à l'aide de quelques hommes complaisans, ils n'ont presque jamais songé
qu'à de petites intrigues pour s'étourdir sur le lendemain.

Dans cette situation, les affaires restent abandonnées
à des commis qui, pour conserver cette direction, ne
manquent pas de trouver des prétextes afin de concentrer et d'étendre le pouvoir.

Jetez, Monsieur, les yeux sur notre histoire ; elle vous
dira que le manque d'opposition régulière a perdu tous
les ministres et presque tous nos rois (1) ; que ce manque
d'opposition a produit l'oppression continuelle de la liberté et de l'industrie, la déprédation des finances, enfin,
les inconséquences qui ont amené et prolongé la révolution.

Chaque homme a besoin d'un frein, mais les ministres
devraient en porter deux, parce qu'ils sont beaucoup

---

(1) On citera peut-être Sully, le cardinal de Richelieu, Colbert ; ils
sont pourtant la preuve de ce que j'avance. Sully mourut dans la dis-
grâce de la cour, faute d'appuis au dehors ; le cardinal de Richelieu,
universellement détesté, n'eut d'autre mérite que de détruire les premiers soutiens de la couronne ; et Colbert, réduit à n'être qu'un cour-
tisan, fit, faute sur faute, au lieu de suivre les grands exemples de
Sully. Si ces trois hommes avaient été dirigés, contenus par une opposition régulière dont on n'avait alors aucune idée, ils auraient sur-
monté sans effort des obstacles qui les ont désespérés pendant toute
leur vie.

plus exposés aux séductions du pouvoir et des flatteurs du pouvoir. L'opposition leur dit sans cesse : *Memento, homo,* etc. Cet avertissement quelquefois leur paraît fâcheux, mais il ne leur est pas moins utile qu'au public. Vous le savez, il est bien plus urgent de prendre des précautions contre la violence que contre la faiblesse. Où le faible trouvera-t-il de bonnes garanties contre les hommes puissans, s'ils peuvent affaiblir l'opposition en la privant de la publicité par la dépendance des journaux!

Tant qu'il n'y aura point de journaux indépendans de la censure médiate ou immédiate des ministres, il n'y aura point d'opposition régulière. Cette maxime est celle de tous les pays libres : c'est donc une grande erreur de dire, comme vous, que l'existence des journaux n'est pas une garantie indispensable des droits des citoyens. Non-seulement cette garantie est indispensable pour les droits des sujets, mais elle l'est aussi pour ceux du souverain.

Voyons comment vous détruirez l'opinion de tous les publicistes de l'Europe et de l'Amérique.

Le droit de pétition, dites-vous, la tribune, les Cours royales sont des garanties suffisantes.

Vous avez donc oublié ce qui s'est passé sous nos yeux depuis huit ans. Que sont devenues tant de pétitions renvoyées par les Chambres aux ministres, et quel serait le sort de celles que l'on présenterait aujourd'hui? La tribune a-t-elle préservé le général Canuel, MM. de Songy, de Romilly, de Jannis, de Chappedelaine et tant d'autres, d'une détention au secret dans une prison affreuse? Dans cette affaire, les tribunaux ont-ils pu venger la liberté publique, ont-ils pu seulement faire nommer le dénonciateur qui causait tant de scandales? Ignorez-vous que les cris *à l'ordre* et ceux de *clôture* ont souvent ar-

rêté les plus justes plaintes, ont souvent fermé la bouche
aux plus courageux défenseurs de l'intérêt national ?

Comment voulez-vous que des hommes d'État se livrent
exclusivement à l'étude des affaires, lorsqu'on peut, avec
de tels moyens, paralyser les efforts les plus généreux ?
Pensez - vous que sans la controverse des journaux le
talent puisse vaincre l'intrigue, dissiper les préventions
et faire triompher la vérité ? Comment ne voyez - vous
pas que c'est cette impuissance de discuter jour par jour
les affaires publiques au dedans et au dehors des Chambres, qui rend inutiles les meilleurs écrits, les meilleures
intentions, et qui favorise continuellement la médio-
crité ?

Concluons qu'il ne peut y avoir de garantie pour les
droits civils et d'encouragement pour les talens, que par
l'exécution complète de la Charte.

N'êtes-vous pas frappé d'étonnement en jetant les yeux
sur cette foule d'hommes insignifians qui, pendant le
règne de Louis XIV et jusqu'à nos jours, est constamment parvenue à s'emparer de l'autorité ? cependant le
règne de Louis XIV était le grand siècle ; celui de Louis XV
et de Louis XVI se nommait le siècle de la philosophie,
et nous sommes, dit-on, dans le siècle des lumières. D'où
vient que, lorsque l'Europe a produit les plus grands ministres pendant cette longue période, la France n'ait pu
se glorifier d'aucun homme d'État, excepté le chancelier
D'Aguesseau ? Ce fait remarquable ne prouve-t-il pas que
les institutions françaises s'opposent au développement
du talent le plus nécessaire, du talent d'administrer ?

Il n'existe qu'un seul moyen de faire naître ce talent,
de le soutenir, de le perfectionner ; ce moyen c'est la
liberté de la presse, qui ne peut exister sans la liberté

dés journaux. Et vous voulez nous ravir ces précieuses libertés par des réglemens incompatibles avec la liberté !

Non, vous ne voulez pas, vous ne pouvez pas le vouloir. Honoré du suffrage de vos concitoyens, vous ne voulez pas perdre leur estime, vous ne voulez donc pas qu'ils perdent leurs droits naturels et sociaux. N'avez-vous pas des fils ou des neveux, n'êtes-vous pas membre d'une cité, d'une famille : réfléchissez ; bientôt vous serez convaincu *que l'entreprise des journaux n'est pas une entreprise particulière qui ne produit des bénéfices que dans l'agitation.* Vous sentirez au fond de votre cœur qu'il n'y a point de dignité pour l'homme sans la liberté, et qu'il ne peut exister aucune liberté sans la liberté des journaux. Tous les publicistes anglais regardent cette liberté comme le meilleur gardien de la constitution ; elle seule, disent-ils, produira toujours toutes les libertés raisonnables.

Je sais bien, Monsieur, que des demi-savans affirment que nous ne sommes pas Anglais, mais ne sommes-nous plus Français ! Pourrions-nous consentir à ce que l'on nous déclarât indignes de la liberté dont jouissent nos voisins, et dont nous avons tant de besoin !

Le cardinal de Retz, qui connaissait assez bien les hommes, dit dans ses Mémoires que, lorsqu'on examine attentivement notre caractère national, on est forcé de convenir qu'il y a dans l'ame des Français plus de ressources qu'on ne pense pour établir la liberté. Eh quoi ! cet homme célèbre a pu penser ainsi avant le règne de Louis XIV, et les fautes du grand siècle, et nos propres fautes ne nous montreraient pas la nécessité de sortir des abîmes de l'arbitraire, par l'exécution de la Charte !

Des esprits rétrécis, des hommes inconnus pourraient

nous persuader que nous aurons toujours besoin d'être
à la lisière par une oligarchie ministérielle, dominée
elle-même par la bureaucratie ! J'ai meilleure opinion de
mes concitoyens, et je demeure convaincu que dès que
la France aura les institutions qui sont la base et la con-
séquence de l'ordre constitutionnel, la France sera
paisible et prospère.

Vainement chercherait-on à la pacifier par des réglemens toujours éludés ; vous l'avez dit vous-même, *tout ce
qui a été fait jusqu'à ce jour contre la liberté de la presse,
n'a eu d'autre résultat que d'organiser la licence*, et cet
aveu n'éclaire ni vous, ni les commissions, ni les ministres ; espèrent-ils être plus habiles que leurs prédécesseurs ? Espèrent-ils changer notre esprit et la force des
choses ? La seule ambition digne d'eux, c'est de conquérir
l'opinion, et non de la museler. Ils s'apercevront, peut-
être trop tard, que la puissance des journaux peut seule
substituer l'esprit de parti à l'esprit de faction (1). L'expérience leur prouvera que *la prudence*, loin de con-
seiller au *législateur* d'arrêter la controverse des jour-

---

(1) On confond assez généralement en France les mots *parti, faction* et
même *opposition*. Cependant ces mots ont un sens très-différent. On doit
entendre par parti et par opposition la réunion de plusieurs portions
de la société qui se trouvent intéressées à discuter un ou plusieurs intérêts nationaux. Cette discussion est toujours utile, et ne peut évidemm-
ment avoir quelque espérance de succès que par la constante union des
hommes qui forment ce parti.

Le mot *faction* au contraire désigne l'assemblage de plusieurs indi-
vidus qui conspirent contre l'ordre établi. Les factions peuvent succéder
aux révolutions ; l'esprit de parti au contraire, en portant la lumière sur
tous les intérêts sociaux, prévient les révolutions : c'est ainsi qu'en langage parlementaire on dit habituellement le parti de l'opposition, le
parti ministériel, et jamais la faction ministérielle, encore moins la faction de l'opposition.

naux, le porte au contraire à la tolérer pour régler l'opinion. N'est-il pas plus sage de laisser la bouche du Vésuve ouverte que de chercher à la fermer.

L'Europe, avez-vous dit à la Chambre, attend de vous des lois vigoureuses, sans doute, mais non pas destructives de la liberté, car la liberté de la France est aujourd'hui le meilleur garant de la paix. La plupart des pays sont assez avancés pour connaître les avantages de la liberté ; ce n'est qu'ici qu'on ose la mettre perpétuellement en quarantaine.

Nous arrivons enfin à la principale question que vous avez ainsi posée :

« Les dispositions du projet de loi sont-elles contraires
» à la Charte, et le pouvoir législatif peut-il les consacrer
» sans violer cette loi fondamentale ? »

Vous dites qu'il n'y a point de violation de la Charte, et moi je soutiens qu'il y a violation réitérée et manifeste. Je dis plus, je dis que ce projet renferme une attaque insensée contre les principes de l'organisation sociale, contre le premier de tous les droits naturels.

Voyons d'abord vos raisons ; je dirai ensuite non pas les miennes, mais celles de Montesquieu, de Clarke, de Delolme, de Franklin, de tous les hommes qui ont combattu sans cesse pour le bon ordre.

La restriction, dites-vous, peut être légale : oui, si elle est dans les formes constitutionnelles.

Vous continuez : A-t-on jamais imaginé que l'article 8 de la Charte donnât à tout citoyen la faculté détablir une tribune destinée à des dissertations politiques ? Il ne s'agit pas ici de tribune, et l'article 8 est formel ; le voici :

« Les Français ont le droit de publier, et de faire im-

« primer leurs opinions, en se conformant aux lois qui
» doivent réprimer les abus de cette liberté. »

Ainsi, tant qu'il n'y a point abus, la liberté est entière ;
elle l'est d'autant plus, qu'il s'agit d'un droit naturel qui
précédait la Charte, et qu'elle n'a fait que le reconnaître.
On ne peut donc argumenter, ni sur le texte, ni sur le
sens de l'article 8. Le droit est positif, la reconnaissance
en est formelle, aucune puissance humaine ne peut con-
tester ni révoquer ce droit.

Quant à la répression des délits de la presse, elle est
juste, nécessaire ; plus le droit est sacré, plus il importe
qu'on ne puisse en faire un mauvais usage. Je prouverai
bientôt que toutes les mesures proposées, adoptées, mo-
difiées, retirées, et reproposées en France depuis huit
ans, n'ont point réprimé la licence des écrits, qu'il est
même impossible de réprimer la licence par l'arbitraire
et l'obscurantisme ; je dirai ensuite ce qu'il faudrait faire,
mais poursuivons l'examen de votre rapport.

« Où donc la Charte, dites-vous, a-t-elle permis de
» former une réunion d'écrivains pour adresser chaque
» jour au public des instructions politiques, afin d'exer-
» cer la plus corrosive influence ? »

La Charte a parlé dans un langage plus exact, plus
digne de la liberté. L'article 8 a dit tout ce qu'il fallait
dire. A vous entendre, aucun droit n'existerait sans la
Charte ; à vous croire, l'instruction qui ne peut naître que
d'une discussion perpétuelle sur les affaires publiques est
funeste, tandis que cette controverse est l'ame d'un bon
gouvernement. Enfin, vous appelez *corrosive influence*
la salutaire influence des journaux, dont les écarts seraient si faciles à réprimer si on voulait sérieusement se

conformer aux lois constitutionnelles (1). Quoi! Monsieur, vous Français, vous magistrat, semblez ignorer que l'on ne peut vaincre les habitudes du despotisme et de l'esclavage que par la liberté des journaux! Vous ignorez que la nation est dans une ignorance déplorable de ses propres affaires, par le soin que l'on a toujours pris de concentrer le pouvoir dans les bureaux ministériels! Vous ignorez que ces bureaux ne songent jamais à réprimer le désordre de l'administration, mais, au contraire, qu'ils l'augmentent toujours par des augmentations de dépense? Vous ignorez que cette fatale concentration cause presque tous les maux de l'État! Vous ignorez enfin, que les ténèbres font naître le crime; et que lorsque le gouvernement avoue qu'il ne peut diriger l'opinion, malgré les trompettes du pouvoir, il avoue qu'il ne connaît pas la puissance de la règle, et qu'il veut marcher en sens inverse de l'intérêt national?

« Nous parlera-t-on de l'Angleterre, dites-vous, de ses » journaux, de leur liberté? j'en doute, car la réponse » serait facile, » et vous n'en faites aucune!... Singulière manière d'argumenter! Oui, Monsieur, on vous parlera sans cesse des journaux de l'Angleterre, ces journaux parleront eux-mêmes de vous, de vos doctrines, de notre sort; rien ne pourra les empêcher d'élever la voix en faveur de cette liberté que l'Angleterre ne s'attendait pas, sans doute, à voir dénoncer *comme une influence corrosive.*

---

(1) On peut lire sur ce sujet une Lettre à un député, qui vient de paraître chez Baudouin frères, imprimeurs-libraires, rue de Vaugirard; on y trouvera un projet de loi sur la répression *effective* des délits de la presse.

Est-ce bien à nous, à peine échappés au despotisme conventionnel, directorial, impérial, ministériel, que l'on peut faire accroire que l'Angleterre se trompe en regardant la liberté des journaux comme le rempart de la liberté publique? Avez-vous pu croire que votre opinion et celle de quelques esprits faibles l'emporteraient sur la voix des hommes les plus éminens, et sur tant de besoins publics? Que dira l'Europe de voir oublier ainsi les leçons de notre propre expérience, de voir remettre en question ce qui fut si souvent jugé?

Laissez-nous, dites-vous, *effacer trente ans de révolution*, de malheurs et de haines; et comment voulez-vous que ces malheurs et ces haines s'effacent en conservant les causes? Ne voyez-vous pas que le pouvoir arbitraire a toujours produit l'excès de la licence, et que le pouvoir arbitraire existera tant qu'on ne pourra point le combattre corps à corps par les journaux, seuls écrits capables de suivre jour pour jour la marche du gouvernement? Je le dis sans hésiter, et je ne serai démenti par aucun homme d'État, dans la situation où est la France, tant que les journaux ne seront pas libres, les révolutions seront inévitables. Or, les journaux ne sont pas libres quand on peut les censurer, les suspendre, les confisquer.

« Attendons, dites-vous, d'avoir des institutions consolidées par le temps et défendues par l'esprit public. » Qui pourra jamais former ces institutions et cet esprit, sans la liberté des journaux? Avons-nous fait un pas depuis huit ans pour l'établissement d'un bon jury, pour le rétablissement du pouvoir municipal, pour former un bon système de garde nationale? nos tribunaux sont-ils

assez indépendans ; l'administration du trésor est-elle
devenue plus régulière ; la comptabilité est-elle claire,
inattaquable ; notre politique est-elle ferme et conve-
nable ; l'administration intérieure est-elle digne d'un
temps éclairé ; enfin a-t-on pu obtenir encore la responsabilité ministérielle ? N'a-t-on pas entendu un ministre
déclarer à la tribune qu'une loi sur cette responsabilité
était impossible , comme si les lois générales ne pouvaient
pas atteindre les délits ministériels ? Convenez , Monsieur, que tout cela est à faire ; que les lois qui nous ré-
gissent ont besoin d'un nouvel examen , et que les ministres, sans le secours d'une opposition journalière,
n'auront jamais la volonté de s'occuper de nos intérêts.

Je ne sais par quelles expressions je dois répondre à
votre phrase sur l'opposition : qu'elle soit sévère , dites-
vous, mais non hostile. Vous demandez deux choses
contradictoires ; car si l'opposition est sévère , elle sera
très-hostile. Nous n'avons que trop besoin de sévérité ;
et si vous mesuriez toute l'étendue de ce besoin , vous
sentiriez que la plus grande modération , que les vérités
les plus adoucies paraîtraient encore très-hostiles aux
hommes puissans.

L'opposition , telle que vous paraissez la concevoir ,
serait inutile, absurde ; elle ne formerait qu'une collection d'hommes sans vigueur , sans ambition utile, sans
popularité ; le public , ainsi que le gouvernement , n'en
tireraient aucun profit. On aperçoit que votre cœur
adopte l'idée dominante de nos ministres sur la soumis-
sion tacite qu'ils appellent *union* , c'est-à-dire sur la
nécessité de *les laisser faire.*

Si vous aviez examiné les divers élémens dont se compose l'opposition en Angleterre, vous auriez vu qu'elle est beaucoup plus hostile que la nôtre, parce qu'elle a plus de force, parce qu'elle est mieux organisée.

Une opposition régulière est nécessairement hostile ; c'est ainsi qu'elle oblige le gouvernement à s'observer sans cesse, et qu'elle renverse le ministère dès qu'il oublie son devoir. C'est ainsi que cette opposition, en réglant toutes les ambitions particulières, les fait toutes servir au bien public, et qu'un changement de ministres produit toujours le redressement des torts, tandis qu'ici ce changement ne produit qu'un changement d'hommes sans plan, sans clientelle capable de les aider et de les soutenir. Vous confondez, Monsieur, dans votre esprit les mots *opposition et rébellion*, tandis qu'en style parlementaire opposition est synonyme de patriotisme et de fidélité.

Votre erreur s'accroît à chaque ligne de votre rapport, faute de cette opposition dont chacun de nous a tant de besoin. A peine si j'en crois mes yeux, quand je lis dans votre discours que la *concession* de la liberté des journaux serait aujourd'hui la plus grave de toutes les fautes. La *concession*, dites-vous : relisez donc l'art. 8 de la Charte, réfléchissez sur les droits naturels préexistans à toutes les Chartes ; réfléchissez sur l'esprit français, sur l'état réel de la France, et consultez ensuite un homme indépendant ; je doute que cet homme vous dise que la liberté des journaux soit *une concession*, et *que ce serait la plus grave des fautes* ; mais ce dont je suis bien sûr, c'est que vous ne trouveriez pas un seul individu en Angleterre, en Amérique et dans les Etats libres de l'Allemagne, qui voulût être de votre avis.

Vous avouez vous - même que les lois que l'on a faites jusqu'à présent, n'ont fait qu'organiser la licence. Espérez-vous que le gouvernement actuel sera plus heureux en organisant l'arbitraire? Peut - on bâillonner une nation comme la nôtre dans l'agitation où elle est, dans l'état de civilisation auquel les pays voisins sont parvenus? Et n'est-ce pas vouloir empêcher la manifestation des vérités les plus utiles que de proposer de juger les écrivains des journaux sans l'intervention du jury? La liberté des journaux existerait en Angleterre, en Espagne, en Portugal, en Hollande, dans une grande partie de l'Allemagne, et les Français en seraient privés!

Si l'on avait exécuté la Charte, l'injure, la diffamation auraient été réprimées par un bon jury; mais on s'est bien donné de garde d'établir un bon jury, parce qu'on voulait établir la censure.

La fureur des partis, dites - vous, préfère la lumière qui brûle à celle qui éclaire. La majorité de la nation, suivant vous, est donc folle; elle a donc perdu ces sentimens de fidélité, de grandeur qui l'ont si souvent distinguée; si cela était ainsi, à qui serait la faute? Ne sait-on pas que les dispositions générales d'un peuple dépendent de l'action de son gouvernement? Convenez que ce sont les sentimens publics que les ministres redoutent, lorsqu'ils ne savent pas marcher dans la ligne de l'intérêt national.

La censure, dites-vous, oppose au torrent une digue qu'il n'a pu surmonter; pourquoi donc redoutez-vous si fort ce torrent? Vous dites que la France a fait des pas immenses vers la tranquillité; pourquoi donc le ministère demande-t-il chaque année de nouvelles lois d'exception et de répression? Votre réponse est prête :

Nous ne voulons pas ouvrir la lice à la discorde ; mais c'est précisément ce que vous faites en voulant priver la France de ses droits naturels.

Vous dites que les Cours royales sont des corps jaloux de leur indépendance, toujours disposés à protéger les libertés publiques. Les Cours royales ont-elles plus de force que n'en avaient les parlemens ? Vous ne mettrez pas sans doute en regard leur puissance et celle des parlemens. Eh bien ! ces parlemens, malgré le texte précis des lois, etmême des ordonnances royales, ont-ils jamais pu empêcher les lettres de cachet, les exils, les jugemens par commissaires, le bannissement des protestans, les dragonades, et toutes les violences ministérielles ?

Enfin, nous arrivons aux amendemens de la commission ; elle n'a pu s'empêcher d'entendre le cri public sur un projet de loi tendant à *faire juger les accusés sur la tendance de leurs écrits.* Cette expression si vague, si dangereuse, la commission l'a supprimée ; mais, qui le croirait ! elle conserve la faculté aux Cours royales de juger sur *l'esprit du journal* !.. Où sommes-nous, ceci n'est-il pas une dérision ? On reconnaît le principe conservateur de la jurisprudence française, on supprime de la loi les mots tendance des écrits, et l'on conserve ceux *esprit du journal.*

Voilà, Monsieur, où mènent les vœux de quelques imprudens !

Dès qu'on s'écarte de l'ordre constitutionnel on se jette dans la folie, dans l'arbitraire sans en prévoir les conséquences. Le triomphe d'un jour paraît celui de l'avenir. L'avenir cependant approche ; et bientôt l'impérieuse loi de la nécessité renverse l'arbitraire.

En vous les déclarez que l'arbitraire de la loi est sans

danger pour la justice des Cours, comme si l'arbitraire pouvait jamais paraître dans une loi, comme s'il pouvait être sans danger !...

Je ne répondrai pas sur ce que vous dites sur la suppression ou confiscation, ni sur la longanimité de souffrir plusieurs articles de journal, désignés par des termes généraux, susceptibles eux-mêmes de beaucoup d'interprétations; je ne vous observerai pas que cette longanimité apparente est pourtant nécessaire, afin que le magistrat puisse, dans les affaires les plus simples, se faire une idée d'une discussion qui exige souvent plusieurs articles. Je ne dirai rien sur le droit attribué au gouvernement de rétablir la censure par ordonnance *contresignée par trois ministres et délibérée en conseil de ministres*; c'est ce que vous nommez *des garanties*; je vous demanderai seulement si vous voudriez consentir à ce que l'on prononçât sur la plus mince de vos propriétés par ordonnance contre-signée en conseil de ministres. Malgré tout le respect dû aux ordonnances, ne réclameriez-vous pas la protection des tribunaux, ne chercheriez-vous pas à vous faire entendre *par la voie de la presse?* Et vous voulez que l'on prononce en conseil de ministres sur la plus précieuse des libertés, *sur une liberté sans laquelle aucun droit ne peut être garanti !*

Une loi qui défendrait d'écrire contre la religion chrétienne, contre le Roi, la famille royale, les mœurs et la Charte, qui ferait juger les délits par un grand jury incorruptible, qui statuerait des peines sévères contre la licence, qui accorderait un double ou triple dédommagement aux fonctionnaires publics en cas de calomnie, ne vous paraîtrait-elle pas plus raisonnable qu'un projet qui laisse l'écrivain dans l'erreur, la religion, le Roi, les princes, les mœurs et la Charte sans garantie effective?

Quand se lassera-t-on de faire des lois de circonstance? Ne voyons-nous pas chaque jour que lorsque les lois sont contraires à l'esprit du temps, aux besoins des peuples, elles tombent dans le mépris et que les magistrats eux-mêmes songent à les éluder? Chacun, dites-vous, a la faculté de discuter les actes du gouvernement.

Vous le croyez apparemment; vous avez même de bonnes raisons pour le croire. Les ministres n'ont jamais négligé d'assurer le public et les Chambres qu'ils ne porteraient aucune atteinte aux droits des citoyens. A leurs déclarations multipliées, est jointe une circulaire du dernier président du conseil, que l'on peut lire dans un des Moniteurs des dernières années : eh bien, voici le résultat de ces déclarations.

Dès les premiers jours de la censure, la police entreprit de diriger les censeurs; elle raya, modifia, supprima tout ce qui lui déplut dans les journaux, sans préjudice de quelques procès criminels intentés aux prétendus responsables, vrais mannequins, comme vous l'observez, et que l'on aurait bien pu dispenser d'un emprisonnement ridicule (1); enfin, la police fatigua tellement la com-

____

(1) Il y a toujours eu en France beaucoup de mannequins : les uns pillent, les autres sont pillés; les uns par leurs fonctions sont censés inspecter le travail de MM. leurs pères, qui n'ont rien à faire quoiqu'ils reçoivent de très-bons appointemens; les autres inspectent les troupes, les vaisseaux, les manufactures, les routes, les ponts, les prisons, le cadastre, les différentes caisses du trésor, les haras, les subsistances militaires, etc., etc., sans sortir de Paris, à moins de quelques voyages

2*

plaisance des censeurs, que l'un d'eux se crut obligé de donner sa démission ; les autres, après beaucoup de représentations inutiles, furent réduits à laisser faire messieurs de la police.

Tel était l'état des choses ; cependant la censure allait expirer, lorsque naguère les fonds publics ont éprouvé une chute assez rapide. Un bon citoyen, très-exercé dans ces matières, crut devoir montrer, par un article de journal, que cette baisse ne pouvait être que momentanée; il fit plus, il envoya au même journal un article sur le budget, pour montrer la possibilité de diminuer les impôts, en commençant par la suppression des centimes établis pendant la guerre, *et pour la guerre seulement*. Les deux articles furent supprimés en entier. A quelques jours de là, le *Journal des Débats* ayant publié un article assez bizarre sur le nouveau ministère, notre concitoyen crut devoir relever quelques hérésies politiques qui se trouvaient dans cet article des Débats ; il eut encore

---

d'agrément ; les autres sont mis en prison pour un débiteur très-solvable qui ne veut pas payer. On sait l'aimable sort des éditeurs responsables payés à tant par jour lorsqu'ils sont enfermés, etc., etc.

J'ai entendu dire à mon grand-père que les fermiers-généraux, grands personnages d'autrefois, avaient un homme de paille qui affermait les revenus du roi. Les ministres, pour prouver leur zèle, mettaient cet homme en réclusion lorsque les fermes n'étaient pas payées à la minute. Le dernier titulaire de ce singulier emploi jouissait d'un traitement de 40,000 liv. par an pour le consoler de la perte de sa liberté, si tant est que rien puisse consoler d'une telle perte.

On s'occupe en ce moment de l'histoire des mannequins ; la commission du budget elle-même paraît décidée à vouloir connaître tous ceux que paie la trésorerie. Cela peut devenir fort utile. La loi sur la police des journaux n'arrêtera pas la guerre qui va commencer contre les abus. Ne serait-il pas très-sage pour le ministère de les détruire lui-même, ou du moins de prendre l'engagement positif de les détruire ?

le petit chagrin de voir que ses observations avaient été rayées en entier par MM. les censeurs. Je vous le demande, Monsieur, est-ce ainsi que l'on jouit de la faculté de discuter les actes du gouvernement?

Il faut être de bon compte, cette faculté ne peut s'accorder avec le système que l'ancien ministère a suivi. Si le nouveau ministère veut changer de système, ce qui paraît plus que douteux, il peut nous rendre la liberté de la presse; s'il veut suivre ce système, il reviendra nécessairement à la censure, et nous n'aurions rien gagné que de la voir continuer par ordonnance au lieu d'une loi d'exception, qui, du moins, constatait le droit, et laissait quelque espoir sur l'avenir.

Vous demanderez peut-être, Monsieur, ce que c'est que le système des anciens ministres. Il était fort étrange, et je n'oserais pas répondre à votre question, si vous, ainsi que beaucoup d'autres personnes, n'aviez été à même de l'entendre dire aux ministres tombés. Ce système, disaient ces profonds politiques, consiste à n'en point avoir; trop heureux quand la journée est finie sans fâcheuse aventure.

On croira peut-être que cette phrase citée est une plaisanterie; mais si l'on réfléchit sur cette succession de journées où jamais le lendemain ne fut prévu; si l'on lit cette foule de harangues, de rapports où l'on ne vit jamais l'apparence d'une idée constitutionnelle, d'aucun plan fait dans l'intérêt national, on demeurera convaincu que nos ministres ont réellement pensé qu'il ne s'agissait que de donner des audiences, des signatures, et parfois de bons dîners pour administrer noblement le royaume.

Tu ne sais, disait à son fils le fameux chancelier

Oxenstiern, combien est petite la sagesse qui gouverne le monde. Ce grand homme, malgré toute son expérience, aurait été probablement fort étonné de la pètite sagesse de MM...... et de MM...... qui ont si mal conduit le ministère, jusqu'aux différentes époques où les Chambres ont senti qu'on ne pouvait plus les supporter.

Le ministère, a dit le *Journal des Débats*, *est royaliste; nous devons combattre sous ses drapeaux*. La France ne demande pas mieux, il ne s'agit ainsi pour ces nouveaux ministres que de marcher, d'après la Charte, dans l'intérêt de la monarchie constitutionnelle. Mais si, comme leurs prédécesseurs, ils veulent un pouvoir absolu, moyen certain de renverser la monarchie, nous devons les redresser ou les combattre sans relâche.

Vous conviendrez, Monsieur, que le redressement sera faible si les journaux sont censurés par des censeurs ministériels ou par les procureurs généraux qui ne dépendent guère moins des ministres.

Voyons ce qui se passe déjà autour de nous. Je viens de vous parler d'un article sur le budget, véritable article de modération et de redressement qui fut rayé en entier d'un journal. Ce n'est pas tout, j'ai la certitude que l'on avait proposé à l'un des nouveaux ministres de supprimer les taxes de guerre, et qu'on lui avait fait voir *par extrait de pièces officielles* la possibilité de diminuer les recettes et les dépenses de plus de 80 millions, en se tenant dans un état financier très-supérieur en recette aux sommes votées pour les dépenses ordinaires de 1818. Cela paraissait incontestable, cela valait tout au moins la peine d'être examiné en présence de l'auteur du projet; il en serait résulté une grande justice, une grande satisfaction nationale, une majorité au-dedans et au-dehors des Chambres que l'on aurait soutenue sans le secours des promotions du Moniteur. Au lieu de suivre cette idée généreuse, on a demandé une augmentation de 12 millions sur un budget qui était déjà de près de 900 millions ; c'est-à-dire d'une somme très-supérieure à celle que l'on a jamais vu dépenser, en aucun pays, en temps de paix.

Vous voyez, Monsieur, que le redressement n'est pas facile ; le combat à outrance paraît l'être davantage, il présente cependant des chances fort tristes, et je suis encore fâché de vous trouver ici en défaut.

Vous dites hardiment « que le projet de loi ne menace » point les écrits périodiques qui contiendraient des » plaintes contre les fonctionnaires, des discussions sur » les lois proposées, des réclamations sur des droits vio- » lés ; tout ce qui tient à la liberté est placé hors des dis- » positions de la loi. »

Voilà vos expressions ; elles sont si claires, qu'elles montrent votre conviction intime. Si vous aviez cru que cette loi allait renverser la liberté, et qu'elle pouvait amener la chute de la monarchie, vous n'auriez pas parlé ainsi. Mais je ne puis vous laisser votre erreur ; des gens simples, sans artifice, pourraient la partager.

Quand l'arbitraire commence, il est toujours très-doux. Vous n'avez pas oublié ce que je viens de dire sur les déclarations des ministres, sur la circulaire du président du conseil. Je me permettrai d'ajouter le mot d'une femme de beaucoup d'esprit devant laquelle on racontait les bonhomies ineffables de Bonaparte, après l'affaire de l'Orangerie de Saint-Cloud : *Laissez*, dit madame de

Coaslin, *laissez grandir le petit lion, nous verrons en-suite ce qu'il fera.* Nous avons vu avec quelle bonhomie il a traité la France et l'Europe.

Les publicistes disent que, pour ne pas craindre l'arbitraire, il faut mettre le plus grand soin à l'empêcher de naître. La liberté est inquiète de sa nature, parce qu'elle vit de sacrifices et de ménagemens. Je ne voudrais donc pas qu'après tant de promesses, tant d'attentes, tant de lois, tant de constitutions, les amis du bon ordre se jetassent encore aveuglément dans les bras d'une aveugle confiance. Je conçois qu'on ait pu vous l'inspirer, mais ne craignez-vous pas de compromettre la réputation à laquelle vous avez droit de prétendre, en voulant inspirer à votre tour cette confiance aveugle à des hommes si souvent déçus, et si disposés à se tromper eux-mêmes? Heureusement que l'aveu de votre erreur vous échappe sans y songer ; voici encore vos paroles :

« Supposez un écrit dont le but déguisé soit de trou-
» bler la paix, de miner sourdement dans l'esprit ou dans
» le cœur des peuples le pouvoir protecteur et paternel
» du Roi, de discréditer notre pacte social, cet écrit em-
» poisonné pourrait-il circuler chaque jour dans un
» pays où règnent la raison, la justice, sous la protec-
» tion des lois? C'est, ajoutez-vous, ce que personne
» n'osera soutenir. »

Vous avez sûrement été touché de cette idée, et je dois vous dire qu'un de mes amis en a été attendri jusqu'aux larmes. Cependant, Monsieur, il n'y a pas un mot dans cette phrase qui ne soit subversif de l'intérêt du trône et de l'ordre constitutionnel.

Examinons votre phrase dans le sens parlementaire :

d'abord je vois que vous confondez l'administration et le pouvoir protecteur du Roi, ce qui est une hérésie d'autant plus dangereuse, qu'il est de principe que le Roi constitutionnel ne peut faire le mal. Son pouvoir est donc à l'abri de toute atteinte ; et s'il était attaqué, les magistrats devraient d'abord lancer contre l'auteur un mandat d'arrêt, et le faire punir ensuite par un jugement par jury.

En se couvrant du nom du Roi, les ministres en France ont souvent échappé à toute responsabilité. La Chambre ne peut souffrir que ce nom auguste soit ainsi profané ; et votre supposition rappelle trop la conduite des ministres précédens.

Le mot *but déguisé* n'est pas moins répréhensible, surtout dans votre opinion que les Cours royales peuvent juger seules les délits de la presse. Ne voyez-vous pas que par ces mots : *but déguisé*, vous vous jetez dans un labyrinthe où les interprétations serviraient bientôt toutes les haines, au mépris de toutes les justices ? Ne pourrait-on pas, en suivant cette manière de juger sur des préventions ou des intentions, vous dire que votre rapport renferme un *but déguisé* contre la liberté, contre la civilisation, et qu'il *tend à discréditer* notre pacte social ? Ah ! Monsieur, quelle doctrine que celle qui peut rappeler les jugemens rendus par suspicion ! « Cet écrit empoisonné » pourrait-il, dites-vous, circuler dans un pays où règnent la raison et la justice ! » ; et si par hasard cet écrit prouvait des faits qui outragent toute raison, toute justice, voulez-vous qu'on le saisisse, qu'on fasse ainsi subir à l'auteur une condamnation réelle, avant de l'avoir entendu, et cela quand il ne fait qu'user du droit que donne la Charte, et qu'il sert son pays par une juste opposition ?

N'appellera-t-on pas toujours écrit empoisonné celui qui dévoilera les fautes des ministres, et qui voudra faire entendre les plus grandes vérités? Et si, comme je vais le prouver, le magistrat qui doit ordonner cette saisie ne pouvait comprendre le sens de cet écrit, si cette impossibilité pouvait devenir matérielle, que diriez-vous de la saisie et de la loi?

J'avais d'abord résolu de faire ici une énumération des déprédations dont les budgets présentés depuis 1815 offrent le tableau désolant; je sens qu'il faut laisser encore la porte ouverte à la réparation des torts, réparation d'autant plus noble et facile pour le nouveau ministère, que ces torts ne peuvent lui être imputés. Mais supposons que le moment de la sévère équité soit venu, et qu'un écrivain veuille montrer à grands traits ces fautes, cet inconvenable tableau; que fera-t-il pour tirer du passé des leçons salutaires pour l'avenir? Il ne fera point un livre, peu de gens le liraient. Pour atteindre un but vraiment national, vraiment monarchique, il fera des articles dans les journaux; le peu d'espace que présentent leurs colonnes l'obligera d'être concis, piquant, et de bien lier les matières. Ces articles ne tarderont pas à faire grande sensation en éveillant l'intérêt pécuniaire d'un peuple très-peu pécunieux; bientôt ces articles seront commentés, amplifiés, colportés, et les ministres dans leur système d'obscurantisme devront prendre de justes inquiétudes. Que feront alors les magistrats? L'ordre de saisir les feuilles du journal arrivera dans les départemens; car on les aura peut-être supprimées d'avance à Paris, mais les articles seront réimprimés en province. M. le procureur-général de la Cour royale aura ses instructions; mais ses instructions peuvent-elles s'appliquer à tous les cas ? Cela est impossible ; cependant on saisit, et l'auteur à *but déguisé* est traduit devant la Cour royale. L'accusation est très-grave, et l'auteur à qui l'on suppose d'avance *trop d'esprit*, aux termes de votre rapport, doit rassembler toutes ses forces pour sa défense. Il présente d'abord une collection de TREIZE VOLUMES de Comptes et Budgets, grand in-4°, ainsi que de DIX VOLUMES, même format, de la liste des Pensions. A la vue de cette formidable artillerie, la Cour sent qu'elle mettrait au moins trois ans à l'examen des pièces du procès; cependant il le faut pour constater les faits allégués de part et d'autre ; la partie publique argumente vainement pour échapper à cette immense vérification. Enfin, l'auteur, touché lui-même de l'embarras de la Cour, offre de réduire son plaidoyer à l'examen de quelques faits attestés dans les pages qu'il citera. Il cite, le scandale alors éclate de toutes parts, il faut pourtant juger une cause à laquelle une partie des juges ne peut rien comprendre, tandis que le public saisit avec avidité toutes les malices, toutes les allusions, tous les faits que présente l'avocat de l'accusé.

…L'accusé, protégé par la vérité, par l'intérêt national, est absous, malgré toutes les interprétations que peut donner le ministère public, d'après le texte de la loi sur *la tendance* ou *l'esprit* du journal, et le gouvernement, non-seulement est déconsidéré par une fausse attaque, mais, qui plus est, se trouve exposé à toutes les scènes qui accompagnent des procès et des triomphes de ce genre.

C'est ainsi que, sous Charles Ier, roi d'Angleterre, la résistance d'un brasseur pour ne pas payer une taxe illégale fut la première cause qui précipita du trône ce prince

magnanime. Le brasseur fut condamné par des juges complaisans, et l'infortuné monarque périt sur l'échafaud.

Vous voyez, Monsieur, à quels dangers l'oubli d'un
seul principe expose le pouvoir. Rallions-nous pour l'af-
fermir par les voies constitutionnelles. Tout autre moyen
le mènerait à sa perte et nous conduirait à la nôtre. N'a-
vons-nous pas assez souffert de la tempête révolutionnaire ?
Pourquoi n'écouterions-nous pas la voix de nos amis,
celle de nos voisins, celle des écrivains les plus illustres
des temps modernes et de l'antiquité ? Tous sont d'accord
sur ce point, que *lorsqu'un peuple veut être libre, il est
sûr de le devenir.*

Dans ma jeunesse, je fus long-temps témoin des intrigues par lesquelles on prétendait faire rétrograder la
révolution. Un généreux prélat (1) fit de vains efforts
pour faire comprendre à la cour que ces intrigues ne
pourraient produire que de funestes résultats ; on ne
voulut pas le croire ; les plus terribles journées ont fait
éclater la sagesse de ses conseils.

Eh ! pourquoi donc un gouvernement légitime se
laisserait-il effrayer sur l'action et les droits de la liberté ! N'est-ce pas elle qui a fait des rois de la maison
d'Hanovre les plus puissans rois de la terre ? N'est-ce
pas la liberté de l'Angleterre, qui, dès l'instant qu'elle
fut consolidée par le bill des droits, lui donna cette
force, ces richesses, ce respect pour la justice, qui font
l'admiration de tous les peuples ? N'est-ce pas par la liberté de la presse que la liberté publique a fait fleurir en
Angleterre l'agriculture, les manufactures, le com-

____

(1) M. de La Luzerne.

merce, à un degré d'élévation que les Anglais eux-mêmes ne pouvaient prévoir ?

La liberté n'a-t-elle pas obtenu les mêmes succès dans les États-Unis d'Amérique ?

Que si, maintenant, nous considérons les avantages que le ciel nous a prodigués, et qu'au milieu de ces réflexions nous examinions l'état réel du royaume, nous serons forcés de convenir que c'est l'absence de la liberté, c'est-à-dire le vice des lois et des institutions, qui empêche notre belle patrie d'atteindre à des succès que notre infatigable activité nous assurerait bientôt, si une opposition sage, ferme et régulière éclairait jour par jour la conduite du ministère. Bientôt alors nous verrions disparaître ces landes de Bretagne, de Champagne, de Bordeaux, du Poitou, du Querci, du Nivernais, qui affligent l'œil du voyageur; bientôt nos ports se rempliraient de vaisseaux, nos villes d'ateliers; nos villages seraient rebâtis, nos communications intérieures améliorées, nos prisons assainies, nos dépôts de mendicité supprimés; nos mœurs purifiées : au lieu de gaspiller sans cesse les fonds du trésor, nous fonderions des colonies, nous rétablirions les anciennes, la France ne présenterait plus que des tableaux de confiance et de bonheur.

Vous ne douterez pas, Monsieur, que ce ne soient là les vrais moyens de garantir la maison de Bourbon de toute attaque, et de donner à la monarchie l'éclat, la puissance, la stabilité si nécessaires à la tranquillité de l'Europe.

Puissé-je ne pas éprouver la douleur d'avoir inutilement averti des hommes déterminés à ne rien entendre.

Vous avez à vous reprocher d'avoir employé votre talent à propager des erreurs trop répandues en France, et qui peuvent devenir si funestes; mais vous pouvez tout réparer par une rétractation éclatante; la patrie, le trône, la liberté vous en font un devoir.

J'ai l'honneur d'être, etc.

L'Auteur des *Considérations sur l'organisation sociale*.